SCOOBY-DOO!

Les beignes disparus

Texte de Gail Herman

Illustrations de Duendes del Sur

Texte français de Marie-Carole Daigle

Les éditions Scholastic

Données de catalogage avant publication (Canada)

Herman, Gail, 1959-
Les beignes disparus

(Je peux lire!, Niveau 2)
Traduction de : Disappearing donuts.
ISBN 0-439-98589-7

I. Daigle, Marie-Carole. II. Titre. III. Collection.

PZ23.H47Be 2000   j813'.54   C00-931667-1

Conception graphique de Mary Hall.

5 4 3 2 1   Imprimé au Canada   00 01 02 03 04

« R'iam, r'iam! »
Scooby-Doo se frotte le ventre
en regardant la beignerie.
Ses amis la regardent aussi.
« Les beignes Bouboule, dit
Sammy en lisant l'enseigne.
Entrons! »

LES BEIGNES
BOUBOULE

« Bonjour! Je m'appelle Dora »,
dit la propriétaire.
« Bonjour, mon nom est Fred, et voici
mes amis : Daphné, Véra, Sammy
et Scooby-Doo. »

« Nous aimerions avoir des beignes,
s'il vous plaît », dit Sammy.
« R'iam, r'iam! » dit Scooby-Doo. En un rien
de temps, Sammy et Scooby-Doo ont
englouti des douzaines de beignes.

Véra et Daphné se mettent à rire.
« Eh! vous pourriez nous en laisser »,
blague Fred.

« Votre chien raffole des beignes, dit Dora.
Et mon petit chien Bouboule aussi. »
« C'est pour cette raison que vous
avez appelé votre beignerie
Les beignes Bouboule? » dit Véra.

Quelques jours plus tard, les amis reviennent acheter d'autres beignes. Mais la beignerie n'est plus pareille. Dora est en train de tout empaqueter!

Elle ferme boutique. « J'ai un gros problème, explique-t-elle à nos amis. Mes beignes disparaissent les uns après les autres. »

Dora soupire. « Tous les soirs, je range les beignes dans une caisse, dans l'arrière-boutique. Le lendemain, la caisse est vide! Hier soir, je suis restée tard, raconte Dora.

J'ai aperçu une énorme créature, poilue et terrifiante. Elle fouillait dans la caisse… et mangeait mes beignes! »

« Un ronstre? » demande Scooby-Doo.

« Qu'est-ce que je peux faire? demande Dora.
Le monstre va revenir. Et qui sait ce qui
peut arriver? »
Véra s'approche de Dora.
« Nous allons vous aider », lui dit-elle.

BEIGNES

« Ce soir, nous resterons ici », dit Fred.
« Nous attraperons ce monstre »,
ajoute Daphné.

« Quoi! rester à la beignerie ce soir? »
Sammy fait non de la tête.

« Pas restion! » ajoute Scooby.

« Ça mérite bien une douzaine de beignes,
double chocolat! » lance Sammy.

« Je vous en prie, restez, supplie Dora.
Vous pourrez manger autant de beignes
que vous voudrez. »

« R'accord! » finit par dire Scooby.

« Dans ce cas, je prendrai des beignes
au triple chocolat! » s'exclame Sammy.

Ce soir-là, les amis restent à la beignerie.
Scooby et Sammy dévorent les beignes,
un après l'autre.
Finalement, Sammy bâille. Une telle
collation lui donne sommeil.

« Il est temps de se cacher, Scoob »,
dit Sammy.

Ils ferment les yeux et s'assoupissent.

« *GRRR!* » Un cri les réveille!

Ho là là! Quel cri!

« Ça vient de l'arrière-boutique! » dit Véra.

« Alors, Scoob et moi, on va voir ce qui se passe en avant », dit Sammy.

Véra, Fred et Daphné se précipitent
vers l'arrière-boutique. Scooby et Sammy
se sauvent vers l'avant.

Il fait noir. Sammy ne voit presque rien.
« Scooby? » chuchote-t-il.
Mais Scooby n'est plus là!
Sammy doit retrouver le reste de l'équipe.
Il doit leur dire que Scooby a disparu.

Sammy retient son souffle. Il fait le tour du bâtiment sur la pointe des pieds. Soudain, un monstre énorme et poilu surgit.

LES BEIGNES BOUBOULE

« Le monstre! » s'écrie Sammy.

« Le ronstre! » s'écrie Scooby à son tour.

Les amis arrivent en courant.

Véra allume sa lampe de poche.

Sammy fixe la créature énorme et poilue.

Scooby fixe la créature énorme et poilue.

« Scooby? » demande Sammy.

« Rammy? » demande Scooby.

« Vous avez tous les deux pensé que
l'autre était le monstre », explique Fred.
« Il fait si noir qu'on n'y voit rien »,
ajoute Daphné.

« J'ai une idée! s'exclame Véra. Venez!
Je sais qui est le vrai monstre! »
Elle entraîne les autres dans la cour arrière.

« *GRRR!* » Le cri se fait de plus en plus fort.
C'est alors qu'ils le voient.
Le monstre.

Énorme.

Poilu.

Terrifiant.

Puis Véra allume la lumière, au plafond.

« Rouroule! » dit Scooby.

« Eh bien », dit Sammy.

« C'est Bouboule, le chien de Dora! »
dit Daphné.

Le monstre n'est pas si gros et
si terrifiant que ça.

« Que se passe-t-il? » demande Dora, qui venait simplement vérifier si tout allait bien. « Votre monstre, c'est Bouboule », lui explique Véra.

« Avec les jeux d'ombres et le clair de lune,
Bouboule a l'air d'un vrai monstre »,
ajoute Fred.
« Beau travail! dit Dora. Maintenant,
je peux garder la beignerie ouverte.
Comment vous remercier? »

Nos amis sourient.
Scooby se frotte le ventre.
« Continuez à faire vos délicieux
beignes », dit Fred.

LES BEIGNES
BOUBOULE

« Et nous continuerons à les manger! »
dit Sammy.
« Scooby-Dooby-Doo! » aboie Scooby.